しっぽがない

著　小沼純一

絵　森泉岳士

絵 森泉岳土

著 小沼純一

しっぽがない

しっぽがない

目次

スピッツ

子どものころ、いつも犬がいた。

庭の隅《すみ》に小屋があって、玄関からでも、お勝手口からでも、濡《ぬ》れ縁《えん》からでも、誰かが外にでると、犬がこちらにむいていた。

口をむすび、格別の表情はない。目だけは何かを期待しているようだった。

ただ、小さく、尻尾がふられていた。

白いスピッツがいた。

つぎもスピッツだった。

スピッツは、親の、あるいは祖父母の、あるいは、おなじ敷地内に住む伯父《おじ》や叔母《おば》の犬だった。妹とぼくは、実際には、犬にかまわれていたのだったろう。

かまってやる歳になどなっていなかったのだ。

三河犬

子どもたちがせがんで、母と一緒に買いに行ったのは三河犬《みかわいぬ》だった。スーパーマーケットと呼べるのかどうか、もっとあか抜けず、雑貨や食料品を何フロアかにわたって売っている三、四階建てのビルの屋上で、子犬が売られていた。いまとちがって、生きものがずっといいかげんに売買されていた。何匹か選んで、そのあたりを歩かせてもらった。尻尾のまるまりかたと歩きかた、おしりのふりかたでぼくたち子どもと母は、この子だよ、ぜったい、と一匹を選んだ。ほんの、あくまでほんの、ちょっとだけ眉間《みけん》に皺《しわ》がよっているような、実際はそうじゃなく、ちょっと黒い毛がそうみえるだけの。

耳がぴんとたち、口のまわりとめもとが黒い。尻尾がくるりと巻き、まんなかがあいている。むこうがこっちからみえるよ。子どもたちははしゃいだ。それだけで充分だった。

母の買物かごのなかにおさまって、顔をだした子犬は、おとなしく、でも、好奇心に満ちた目で、商店街を、新しく住むはずの家への道々をながめていた。まわりではしゃいでいる妹とぼくに頓着《とんちゃく》する余裕などないようだった。こちらはこちらで、犬の気持ちなどわからなかったのだけれど。

三河犬という。あきらかに柴犬の骨格と毛なみだが、口元と耳のあたりがすこし黒い。あとになって、もうほとんどいなくなっている稀少な種類だと、そう騙《かた》ったにせものがでまわったと知った。血統書もあって、そのときは信用していた。でも、ほんとは、どうでもよかった。三河の国、愛知県のほう、というのを、そのとき、おぼえた。海を見下ろす高台で、三河犬の小さいのがわきゃわきゃ集まっているのを想像し、それだけで、父の故郷、伊豆半島のちょっとむこうの土地に親近感をおぼえた。

短命

ぼくが生まれ、妹が生まれ、この犬まで七、八年。犬たちはそれほど長生きではなかった。いまおもうと、短命だった。昼も夜も、夏も冬も、外にいたのを、あたりまえにおもっていた。家のなかで飼われ、散歩するときも寒かったら服を着せられたりしていたのとはちがった。

それでいいとおもっていたし、おもわれていた。家族のはずなのに、家族ではなかったのかもしれない。

昭和と呼ばれたころのはなしだ。

結婚

――紗枝《さえ》が家にいなくなるんなら、犬がいてもいいかな。

さりげなく、茶の間で、母がつぶやいた。

妹の紗枝は、半年もしたら結婚する。新居《しんきょ》は実家から遠くなく、徒歩圏内ではないながら、メトロに乗れば、二、三十分。

ぼくが実家を早くでて、ひとり暮らしだったので、妹はずっととどまっていた。口にはだささなかったけれど、兄妹《きょうだい》ふたりとも配偶者がいないのを気にしていた。だから紗枝が結婚すると決めたとき、逆に、そこに、実家に、そばにいるのがあたりまえになってしまっていたから、すこし戸惑いもあった、とおもう。ちょうど父が再就職先をやめるところでもあった。ずっとしごと一筋《ひとすじ》でやってきて、うちにいてどうするのか、まわりの者たちはわからなかった。どうするんだろう、とこっそり言ってもいた。やることなんかいくらもあるさと本人は言っていたものの、しごとほど熱がこもらないだろうことは誰もがわかっていた。

上海の犬

母は、ごく稀《まれ》にだが、犬のはなしをした。

まだ戦争が始まる前、一年だけ、住んでいた上海で飼っていたマルのこと。

となりには寺があって、二匹のチャウチャウがいた。その一匹を譲《ゆず》ってもらい、マルと名づけた。たぶん、もっと前にどこかで飼っていたのもおなじ名だったのだろう。

お寺の犬は真っ黒で、ダンケといった。

小学校低学年だった母と、すこし年上の叔母が、どんなふうに暮していたのかは、よくわからない。どんなふうに犬に接していたのかも知れない。

おもしろい犬でね、と母は言うのだった。自分からざんぶと水に飛びこんで泳いで。ざざっと水を滴《したた》らせながら、陸《おか》にあがってくる。あんなの見たことなかった。うん、あとにもさきにも。

あるとき、マルが足をひきずって、くんくん痛そうに鳴いているの。どうしたんだろ、っておとうさん――あんたたちのおじいちゃん――が、足をひっくりかえしてみたら、ね、あしうらに、あんたたちは肉球っていうみたいだけど、このくらいの――右手のひとさしゆびをおやゆびの関節のあたりにあてて――黒々としたダニがめりこんでた。きっと血を吸ってあんな色になっちゃってたんだよ。

上海のマルのはなしは、そして、こんなふうに終わる。

戦争が始まりそうだから東京に戻ろう、ってなったとき、いちばん渋《しぶ》ったのはおかあさん――あんたたちのおばあちゃん――でね。

祖母はからだが弱かった。かの地ではアマと呼んでいたお手伝いさんがいて、何人もかわったりしたけれど、家事をやってくれるのはありがたかった。もしもっといたら、ぜんぜんちがった生活になってただろう。

それほど慌《あわ》ただしくはなかったけれど、準備をして、トラックに積んで、船に、港にむかう。走りだしたとき、マルがね、追ってくる。そして、前足をかけたの。

上海の犬のはなしは、この前足で終わりだった。あとで、犬をあずけたお寺から手紙が来たこともあったらしい。でも、母には、いや、叔母にも、祖母にも、チャウチャウのマルは、追ってくる姿が焼きついていた。

野性

あまり外に散歩につれだす習慣がなく、夕方になるとチェーンをはずして、庭であそばせる。庭木《にわき》が植わったところから花壇へと飛びこむ。ととのっていたところで何のその。さかんに蹴散《けち》らす(あとで祖父が地団駄《じだんだ》を踏む)。池の水をちょっと舐め、床下にはいりこむ。となりとの金網や木戸の下の隙間に鼻づらを押しこむ。前足で熱心に穴を掘る。

短くて三十分、長くて一時間。

このあいだ、誰が庭にいても、気になんてしない。いくら名を呼んでも、こっちにかまってなどくれない。このあいだは小さな庭で野性に戻っている。飼い犬に戻るのは、誰かがエサを用意して、マル! と呼ぶまで。食べることより、走りまわることに熱中していることもないではないが、そうしたら、しかたない、またしばらく、あっちを、こっちを、走り抜けてゆくのを見るばかり。

お中元やお歳暮の時期でもなければ、そんなに人はやってこない。肉屋さんやクリーニング屋さん。新聞の集金。速達や電報などめったにない。宅急便はまだなかった。でも番犬は必要だった。誰かが来ると、吠える。人が気づかなくても、犬が吠えてくれる。

門の外には、どこのとも知らぬ犬もうろついていた。

何代目

——マルが来たわよ。

母が電話してきたのは、紗枝の結婚式が終わって一週間も経たない土曜日の朝だった。ぼくが、遅い朝食をすませて、のんびりと、それでいてそいそとでかけてゆくと、もう、紗枝が父母と一緒に、マルをかこんでいた。

先代の、もう二、三十年前にいた三河犬のマルとはちがう、顔立ちのととのった柴犬《しばいぬ》だった。

やっぱりマルなの？　と訊《き》くと、そうよ、と母はいう。うちはずっとマルよ。白ければシロ。上海のマルから何代目になるんだろう。もっと前にもいたのかもしれないが、聞いたことはなかった。あるいは、母も知らない、祖父母だけが飼っている時代もあったのかもしれない。

ねこは？

ねこは……チロ、よ。

猫

妹もぼくも、いや、父も、この家に猫がいたのは知らない。昔は、飼っている犬や猫の写真などわざわざ撮らなかったから、はなしで聞くだけだ。

母が、叔母が、両親と上海からこの土地にやってきて、まず飼ったのは猫だった。猫だったらしい。正確には知らない。何匹かいたことがあり、どれもチロだった。アタマのいいの、そうでないのと、代によってちがったとか。

いまもつかっている階段を、どれかのチロが、とんとんとんと上がってゆく。母はその音を聞いている。チロは、叔母と母とがならんで寝ている布団のすそのほうで、まるくなる。

ときどき、寒いから湯たんぽがわりにと抱きよせ、一緒に寝ようとするが、いつのまにか抜けだして、姉のところにはいっている。笑いながら母はそうぐちる。

正面からむきあって、ぴんと横にはっている髭《ひげ》を、はえぎわから手前にしごくようにするとね、目を細めて、しゅ〜っと顔をすぼめようとするの。しょっちゅうやってて、いやがるの。そのたびに、ねえさんが、あんたたちのおばさんね、が、やめなさいよ、って。でも、やめなかった。だからきっと、となりの、ねえさんの布団にもぐっていっちゃうんだけどね。もちろん、尻尾も引っ張ったよ。いやがるの。そう言って笑う。

さいごは弱ってて、ねえさんの布団の足元でまるくなってた。それがね、いつのまにかいなくなってて、探したらあそこの、柿の木の根元《ねもと》で死んでたの。人も猫も、アタマがいい、っているんだよ。あれはいい子だったな。

わたしの犬

紗枝はあたらしいマルをほとんど自分の犬だとおもっていた。公言《こうげん》していた。

マルはね、わたしの犬。

子どものときは、ぼくと共有していた。いや、共有なんて言えやしない、そうではなく、家の犬、だった。

そんなそぶりは見せなかったけれど、ずっと、自分のと言える、自分とのむすびつきのつよいのがほしかった。

きかせてくれたのはずっとあとだ。

お墓

三河犬のマルを埋《う》めてから、家に犬はいなかった。

庭にはあおき、かき、ざくろ、ぼけ、もくれん、つばき、ばら、ぼくが名を知らない、でも木の、枝の、葉のかたちには親しみのある木々が植わっていた。根元には雑草や苔が生え、庭石はすこし邪魔していたが、あいているところはいくらもあった。シロたちも、マルも、祖父が穴を掘って、お墓にした。土を掘って、埋めて、ちょっと高く、台形と呼べるだろうか、どこかの古墳《こふん》みたいに、ちょっと盛りあげておく。まんなかに何かを置くか、木の枝をさす。はじめははっきりわかるのに、何年もするうち、家人の記憶も薄れ、盛り土も低くなり、ならされて、お墓があったかもわからなくなる。さした枝が根づいて新しい木に育つこともあった。子どものころいたマルがそうだった。ツツジは、何年かして、花をつけるようになった。それもまた、梅雨にはいる前と葉が色を変え落ちはじめるころ、年に二回ほどはいってもらう植木屋さんが手入れをするうち、庭木にまぎれてしまった。

鳴き声の記憶

先代マルのあと、ずっと、犬はいなかった。

ぼくたちも、中学、高校、大学へと進み、社会人になって、目は庭よりも、外にむいていた。両親もあまりちがいはなかった。敷地のなかは、かろうじて手入れをするくらいだったし、かなりのところを、リタイアはしたものの、まだ充分に元気だった祖父母にまかせていた。

戦前に建てた家は、骨格を残してリフォームし、庭木もところどころ植えかえた。四《よ》つ角《かど》の家だったから、ある朝、くるまが門柱に激突し、大谷石《おおやいし》がぼろぼろとこぼれてしまったことがある。あのとき、犬はいたのだったか。鳴き声の記憶がないから、ちょうどいないときだったのだろうか。

紗枝とマル

紗枝はしごとと家庭生活のあいまに、すこしでも時間の余裕があると、実家に行ってマルと戯《たわむ》れていた。忙しくはあったけれど、自分でコントロールできるのがフリーランスのつよみだったし、少なからぬ資料は自室に残したままだったから、とりにいく口実にもなった。ときには、うちにあがらずに、マルにだけかまっていくこともあったらしい。何か、気配がしてカーテンを開けてみると、紗枝とマルがむかいあっていることがあって、と母が言ったものだ。あげられるときには、と夕刻にごはんをやりにやってくる。間に合いそうになると、どこからか電話をかけて、きょうは行くから、マルにごはんをあげないで、とそれだけ話して切ってしまう。なんでしょ、ふん、と母は心外な、でもおもしろがってもいるふうでもあって。

外にでると、マルは、ごはんだごはんだと、おすわりをしながら、顔をむけ、前足を落ちつきなく、右右、右左、左、タン、タ・タン、と地面をたたく。肉球

のまだ充分にかたくなっていない皮が、コンクリートをたたく。尻尾も、宙にゆれ、また、ぱたん、ぱたん、と地面にあたり。
ちょっと待っててね。紗枝が来るからね。
母は言い、マルはわかったのかわからないのか、変わらず、催促《さいそく》しつづける。

ドッグフード

アルミのボウルにはいっているドッグフード。

持っていくと、においでわかるのだろう。舌をだして、くさりをいっぱいにしてこっちに来ようとする。勢いあまって、びゅんとくさりがひっぱれて、転んでしまいそうになったり。

かつての犬たちはもっぱら残飯だった。ごはんに味噌汁。おかずの残り。ドッグフードのときもあったが、ごはんのほうが好きだった。まだ犬の栄養や健康、疾病《しっぺい》をとやかく言われなかったころ。

おすわり。

おすわりしても、からだがゆれている。

お手すればいいの？　くれるの？　とでも言うように、前足を——足だというのはわかっているけれど、やはり手と呼びたくなる——ひゅ、ひゅ、とだしてくる。

あまりじらすと、よだれがたれてくる。

いいよ。よし。

もう、あとは脇目《わきめ》もふらず、だ。

コンクリートの上においたから、食べているうちに不安定なボウルがすこしずつずれてゆく。じゃりじゃりと音がする。チェーンがときどきボウルにあたる。かち、とか、ちゃり、とか。

台所にあった小さな鍋、柄《え》がとれてしまっているのが、おさがりになって、水入れになっている。チェーンがひっかかり、ときどき、地面にすれる。こちらは安定がいいから、ずず、というだけだが、滅多にないながらも、ときどき、ひっかかって、がしゃんとひっくりかえり、水があたり一面にこぼれてしまうこともある。

抱擁

紗枝は、ときどき、マルを抱きしめた。

ぎゅっと抱きしめてから、顔を両手ではさんで真正面にむきあって、じっと目を見ながら、言うのだ。わたしがいないとき、かあさんを頼んだよ。あんた、わたしのかわりなんだからね。わたしの弟、わたしの子ども、なんだからね。長生き、するんだよ。

マルは口を半開きに、ちょっと舌をだしながら、紗枝を見つめつづける。

しっぽ

しっぽ、いいよね。

紗枝は言っていた。

顔の表情でもわかるじゃない。目とか口とかでも。笑ってるよ、っておもう。機嫌わるいな、もわかる。

ひとはさ、いまこんな顔してる、っておもったりするでしょう。わたし、いま、頬《ほお》がひきつってる、とか、ほころんでる、とか。しっぽは、でもさ、もっと、なんていうんだろ、もっとまんま、じゃないかな。おもいこみかもしれないけど、もっと、ね。ひとにもあればいいのに。そしたら、もっと相手がみえるかも、って。

わたし、ずっとほしいんだ、しっぽ。

レトリーバー

紗枝のつれあいの実家にはレトリーバーがいた。何年も何年も盲導犬を産む母犬として飼われ、齢がいって、リタイアした犬だった。紗枝がことさらに犬を望んだのは、この大きな、やさしい犬とふれあう機会を持ったからだったろう。ずっとそばにいなかった犬へのおもいが、かえってきたのだったろう。紗枝は、でも、もうこのレトリーバーにも会いに行かなくなってしまった。つれあいが誘っても、気がすすまないと、斜め下をむきながら目をそむけた。

死ぬからね

ながいこと、犬を飼わなかった。
飼おうか、と何度か、何度も、はなしにはでた。
あんたたち、ちゃんと世話しないじゃない。
そんなことない。ちゃんと世話、するよ。
ほんと？ ほんとうに？
学校は？ しごとは？
大丈夫だよ、とぼくは、紗枝は言ったものだ。
さいごには、母は、ぽつりと言ったものだ。死ぬからね。
そして、妹もぼくも黙ってしまう。
はなしは立ち消えになってしまう。
いなくなったときのことは、おもいだせる。いや、おもいだしてしまう、から、
いや、それはいまでもあるから。

散歩

昔のマル、三河犬の、昭和の、一九六〇、七〇年代のころの、飼い犬のように、チェーンをはずして、庭にはなしてしまうことはもうできなくなっていた。放し飼いはいけない、と言われるし、いつ人が門からはいってくるかわからない。飛びかかるかもしれないし、ちょっとの隙にでていってしまうかもしれない。犬が嫌いな人だっている。

だから、すこしずつでも、散歩につれだす。いちばんやりたがるのは、紗枝だが、父も母も、そしてぼくも総動員、かわりばんこにでかける。ふだんあまり出歩かない暮《くら》しをしているぼくは、わざわざ実家に行き、さらにマルの散歩と、それなりにではあるが、随分《ずいぶん》動くことになった。

世紀は変わっていた。

景色

すぐそばであっても、あまり歩いていない。

しばらく見ていないと、町が、景色が変わっている。

あるとおもっていたものがなくなっている。なかったものができている。

生活は、駅と家、店のある界隈《かいわい》でなりたっているから、駅から家、そのむこうにはなかなか足をむける機会がない。

犬と散歩すると、人が歩くのとちがうところを通《とお》ったりする。

いや、かつてはそうしていた。

細い水路があった。生活排水くらいしか流れていなかったが、おもては塞《ふさ》がれていつしか通路になっている。水があれば、小さな魚がいたり、鳥がやってきたり、まわりに木が、草がはえていたものだが。

空き地があった。小さな菜園があった。バッタやカエルが、足をおろしたあたりから、いくつもはねた。ほとんどは名も知らぬ虫だった。草花がはえていた。

シロツメクサが、ドクダミが、タンポポが、花を咲かせた。水面《みなも》をヘビが泳いでいるのを見たことがある。どれもなくなった。人の住処《すみか》、人の痕跡ばかりで、せいぜい、庭から外にはみだした木や枝が、草が、あるばかりだ。公道に落葉がやたらと落ちたり、枝をのばして、酸《す》っぱい柑橘系の果物がでていたりするのをみかねて、近所の人が文句を言ってきても、頑《がん》として木の手入れをしない頑固な老人のことを、陰《かげ》ながら応援していたりもして。

マルの視線

門柱。

昔、くるまが衝突して倒してしまった大谷石の門柱から、ゆるやかに、短いながらも勾配《こうばい》になったところに、犬小屋がある。数メートルにすぎないが、かつては自家用車をおいていた。誰も乗らなくなり、処分して、あいたまま何十年。門柱のあたり、外から、紗枝はそっと実家の敷地をのぞいてみる。

すると、マルの視線がしっかりこっちを見ている。

見てるの、わかるんだよね。わたしがいるのを、さ。紗枝はうれしそうに語る。実際どうなのかぼくも試したことがある。一度はたしかにこちらを見ていた。なんだ、紗枝だけ特別なんじゃないさ。気配があれば、見るんだな、きっと。またべつのときには、地面にすっかり横になって、たぶん、昼寝をしていたんだろう、知らぬままだった。それが、門扉《もんぴ》に手をあてると、すくっと反応する。ほんとうはどうなんだろう。紗枝だとすぐわかるのか、誰か、人ならきっと、なのか。

ぼくたちのかつて

ときには二人で、紗枝とぼくと、母とぼくと、もちろん紗枝は父や母とも、マルを散歩につれだした。先代の、三河犬マルと一緒に行ったところはだいぶ変わってしまったけれど、道は変わらない。通れなくなったところもないではないが、川の上など増えたところもある。

いろんなところで鼻をひくつかせ、たちどまる。のろのろと歩く。咄嗟《とっさ》に動くこともある。数カ月のうちにも、力がぐんぐんつよくなり、重くもなってくる。くるまが来そうになるとリードを引く。

おぼえてる。おぼえてない。

そうだったっけ？　ちがうんじゃない？

マルの散歩をしながら、ぼく、ぼくたちは、かつての町を、ぼくたちのかつてを、たしかめたり、なくしたり、してゆく。

アメリカ軍

かつてアメリカ人が大勢住んでいるところがあった。駐留する軍人たちの家族が暮らしていた。子どものときはもう、その人たちは立ち去っていた。建物はそのまま残って、鉄条網が敷地を囲《かこ》っていた。侵入禁止。鉄条網に沿って歩いていくと、ごく稀に、穴があいていて、なかにはいることができた。何度か、そんなところを通って、どきどきしながらはいっていった。

誰もいない、ところどころにプレハブがある広々とした空き地。

大抵《たいてい》は鍵がかかっているものの、稀に、そのまますっとはいれてしまう家もある。木造家屋に慣れている身としては、アメリカ映画、というよりも、アメリカのホームドラマにでてくるけばけばしい色の、機能重視の部屋は、居心地がわるかった。先代マルは、リノリウムの床が特にお気に召さなくて、かちかちと爪で音をたてながら、そんなことはもちろん口にするわけなどないのだが、早く、早くここから出ようよ、と全身で訴えていた。

攻撃

猫の攻撃にもあった。

はいってきたのとはちがった鉄条網をぬけ、人家がならび、塀《へい》で区切られていないようなところに来ると、突然、何匹もの猫がかわるがわる飛んできたのだ。猫の縄張《なわば》りに足を踏みいれてしまったのだろう。マルは呆然とした。立ちすくんでいた。猫はさっと爪をだし、斜め前から飛んできて、引っ掻《か》こうとする。目を狙う。リールを引き、急いだ。人も恐怖を感じていた。マルの目元には血が小さくかたまり、尻尾は後ろ足に隠れるほど、尻の下にまきこまれていた。

この敷地は大きな公立の公園になった。

あのときはなかった木がすっかり大きくなっている。ゴミの焼却場ができ、太くて高い煙突が立った。芝が育ち、腰をおろす人たちがいる。歩く人が、ジョギングする人が、自転車に、キックボードに乗る人がいて、犬の散歩をする人がいる。わずかながらも、楽器を練習する人もいる。

雨

夏の、雨がつづいていた。紗枝はしごとで都合がつかず、何日もマルに会いに行けずにいた。やっと休みのとれた日、朝ぐっすりと眠ったあとで、母に電話をかけた。

母は口数が少なかった。どこか無愛想だった。

雨だねえ。暑いねえ。じとじとして、居心地がわるいねえ。

紗枝がぽつぽつと言う。機嫌をとろうとしていた。そんなあと、マルは？と尋ねた。あとで顔を見に行くね。雨だけど、散歩しなくっちゃ。そうつづけるはずだった。母は何の感情もない声で言うのだった。マル、死んじゃったよ。

冗談だとおもった。きのう、きょう、は会ってない。でも、三、四日前には、雨だったけど、泥足でじゃれついてきた。じゃあね、といって別れた。いつものように、門の外から振りかえると、じっとこっちを見ていて、尻尾だけがゆっくりふれていた。数歩歩いてふりかえり、また歩いて、手をふった。

タクシー

紗枝はほとんど何も持たずに部屋をでた。タクシーに手をあげた。駅まで歩いて、ホームでメトロを待って、なんてできそうになかった。寒かった。蒸し暑いのに、額には汗がながれているのに、二の腕が、胴が、いくつもに分かれて、蠕動《ぜんどう》しているようだった。雨はきらいだ。わざとことばでおもった。そうでないと吐きそうだった。

犬小屋

小屋があるだけだった。
かじってぼろぼろになった屋根と、水を入れてある鍋がそのままだった。
台所脇の小さな部屋に、母はいた。

傘とビニール袋とリード

朝、父が散歩につれて行った。

雨がやみまなく降りつづいていた。

子犬は公園の前でもよおして、かがみこんだ。

終わったのでかたづけようとする、瞬間、つよく引っ張られて、リードが手からはなれた。傘とビニール袋とリードと、バランスがとれなかった。

にぶい音がした。休日の朝早く、滅多《めった》にくるまは通らない。

目をやると、くるまがむこうに走り去ってゆくところだった。

犬が車道に倒れていた。

にくしみ

紗枝は父をにくんだ。

走り去ったくるまを、乗っていた人、人たちをにくんだ。

雨を、真夏に何日も降りつづける雨をにくんだ。

三畳の小さな部屋の隅、テーブルのむこうには母がいて、たがいに顔をあわせず、紗枝はときどきおもいだしたように声をあげ、泣きじゃくって、いつのまにか、眠りこんでいた。

父

父は亡きがらを、世話してくれた獣医さんに教えてもらって安置してきた。何も言わなかった。

重たかった、と言っていた、と母からきいた。雨のなか、あそこから持って来るのは、すれちがう人にみられながら、持ち帰ってくるのは、と、ことばを切った。

紗枝は実家で、母の小さな部屋にずっといた。

食欲はなかったけれど、夕飯のテーブルについた。

父は紗枝のグラスにビールをついだ。

にくかったけれど、八十ちかくになって、雨のなか、はこんでくれたのだから、茶毘《だび》にふしてくれたのだから、と、犬がいなくなったことだけを感じようとした。また三畳間の隅に隠れるようにしてはいりこみ、ときどき台所の一升瓶からコップに酒をついで、そのまま一晩を、いつのまにかまた眠りこんで、すごした。

翌日、つれあいが迎えにきて、紗枝は実家からはなれた。つれあいには何も告げていなかった。

母がぼくに教えてくれたのは、その夜のことだった。

雨はまだ降っていた。

あっというまに

長生きして、かあさんを守って、って言ったじゃない。

紗枝はあとで教えてくれた。

あんなにぐっと抱きしめて、頼んだのに、まだ小さかったけど、からだがかたくて、頼もしかった。なのに、あっというまにいなくなる、なんて。それに、半年、まだ、まだ、子どもだったんだよ。

たちすくむ

何かの用事で、紗枝と一緒にでかけることがあると、こっちが気づかぬうちに、たちすくんでいることがあった。散歩している犬を見かけると、視線をじっとむけ、とまってしまう。顔は、見られなかった。しばらくそのままにして、二の腕のあたりにちょっとふれ、行こうか、と促す。きっとひとりで歩いていてもそうだったんだろう。ぼくが一緒にいるときは、できるだけ、大きな車道に沿った歩道を選ぶようにした。ぼくだけでなく、つれあいや母もそうしていた、ようだった。

告白

どれくらいつづいたか、わからない。すこしずつ、すこしずつ、紗枝に表情がもどってきた。何度かしごとで海外に行かなくてはならず、緊張した生活をしたのも、良かったのかもしれない。

二年くらいしてからだろうか、ぼくの部屋におみやげを持ってきてくれたとき、紗枝は言うのだった。

子どもができたら、犬でもいい、猫でもいい、一緒にいて、子どもが声をかけ、はなしをする相手を、そばにおいてあげたいな。わたしがもしひとりでだったら、おもいだしたり、かさねてしまったりして、つらいところがあるけど、いのちがあるのを、人じゃなくてね、早くから知っておいてくれるといいな、って。パリの裏道や、ブリュージュの運河に沿ってとか、ハノイの道ばたの大きな木のあたりとか、ソウル郊外の坂道とか、ひとりで歩きながらさ、へんな言いかただけど、あぁ、おなじなんだな、っておもってたんだよ。マルも、マルたちも、わたしもおなじなんだ、って。何が、どう、じゃなくて、生きてるときに生きてて、何か感じたり、ほかの生きものに感じられたりして、どれがどう入れかわっても、おなじだ、って。

静かになりたくて、ヨーロッパでは、よく、教会に行っていた。小さなときから、学校のチャペルで慣れてたじゃない？　ひとりでいたいと、授業さぼって、こっそり行ったりした。にいさんもそうだったでしょ。でもね、ほかのものはね、たぶん、居場所がないんだ。人の場所だけなんだよ。お寺もそう。天使やマリアさまや仏《ほとけ》さまはやさしい顔をしてる。まなざしをむけ、手をかざしてくれる。それって、だけど、人に、だよね。犬や猫と一緒に、ってないんだよ。でさ、むしろ、ろくに知りあいもない街を歩きながら、おもったわけ。おなじだな、って。こんなふうにして、みんな、いるんだな。このひとりさ、が、みんなおなじだって。

わたし、ずっとほしいんだ、しっぽ。

RESTAURANT

マルの、マルたちの

おみやげは、魚のかたちをしたチョコレートと、木に吊り下げられている太鼓のそばではねているキツネの絵葉書《えはがき》だった。紗枝が何を考えて選んだかはわからない。気まぐれかもしれないし、そうではないかもしれない。どちらでもいいのだ、きっと。紗枝のなかに、マルの、マルたちのいどころが、マルたちのなかに、紗枝のいどころが、あるのなら。

あとがき

どうぶつ、のはなしはどうかな。

五十年以上のつきあいのHとは、年に二、三回食事しながら、しごとの、家族の、友人の、知人のはなしを、ふと想いだす昔のはなしを、する。

どこかで、すこし、かならず、どうぶつのはなしがでる。

おたがい猫や犬を好いているのをこれほど長く、わずかなりとも話題にできる相手はいない。

Hは提案をする。酔ってくると、だ。たいていはおもいがけない。

すこしは考えるけれど、ものになることはまずない。浮かんで、消える。これもまたいつものこと。

だが、かたちになってしまった。

試しに、とおもったら、いつのまにか。

体験したこと、聞き知ったこと、あわせて、べつのところ――掌編がつらなる『めいのレッスン』――でなじみのできた（架空の）妹が、こちらのかわりに、感じたり語ったり。

何年か前に書いたものの、しばらく、そのままだった。

どう手をいれればいいか、わからなかった。

ちょっとしたアドヴァイスから、本は、マルたちは、妹は、また、生きはじめた。生きはじめてくれた。

編集の足立朋也さんの、そして絵を描いてくれた森泉岳土さんのおかげで。

本の帯には、こういう本でなければありえなかった敬愛する人が、ことばを寄せてくださった。

一冊の本で、こんなふうに、何人かとご一緒できたことはない。

みなさんにふかい、ふかい、お礼を。

そして、この本の、すくなくともわたしのことばのところは、Hへの友情として。

二〇二〇年八月　小沼純一

むかし幼いころ、親戚の犬をしばらく預かっていたことがある。犬種は分からないが、白くて大きな犬だった。僕は毎日彼を土手に散歩に連れていき（どちらかというといつも彼が僕を引きずっていたのだが）、別れの日には、わあわあと大泣きしたのを覚えている。本作を一読して、僕はその散歩のときに手に食いこんだリードの痛みや、別れの日に抱きしめた両腕のあたたかさをはっきりと思い出すことができた。それは僕のなかに長いこと眠っていた僕の物語、あるいは僕にとっての「マル」の物語だ。目覚めた僕の「マル」は、いまも寄りそうように僕のそばにいてくれている。

すばらしい機会をくださった小沼純一さん、ありがとうございます。

二〇二〇年八月

森泉岳土

小沼純一（こぬま・じゅんいち）

1959年東京都生まれ。早稲田大学文学学術院教授。専門は音楽文化論、音楽・文芸批評。第8回出光音楽賞（学術・研究部門）受賞。創作と批評を横断した活動を展開。近年の主な著書に『音楽に自然を聴く』『オーケストラ再入門』（以上、平凡社新書）、『本を弾く――来るべき音楽のための読書ノート』（東京大学出版会）、『映画に耳を――聴覚からはじめる新しい映画の話』(DU BOOKS)、『魅せられた身体――旅する音楽家コリン・マクフィーとその時代』（青土社）ほか。創作に『sotto』（七月堂）などがある。

絵・森泉岳土（もりいずみ・たけひと）

1975年東京都生まれ。マンガ家。墨を使った独自の技法で数多くのマンガ、イラストレーションを発表している。自身原作に『爪のようなもの・最後のフェリー その他の短篇』（小学館）、『セリー』『報いは報い、罰は罰（上・下）』（以上、KADOKAWA）など、文学作品のマンガ化に『村上春樹の「螢」・オーウェルの「一九八四年」』『カフカの「城」他三篇』（以上、河出書房新社）などがある。

しっぽがない

二〇二〇年九月一八日　第一刷印刷
二〇二〇年九月二八日　第一刷発行

著者　小沼純一
絵　森泉岳士

発行者　清水一人
発行所　青土社
一〇一-〇〇五一
東京都千代田区神田神保町一-二九　市瀬ビル
電話　〇三-三二九一-九八三一（編集部）
〇三-三二九四-七八二九（営業部）
振替　〇〇一九〇-七-一九二九五五

ブックデザイン　六月
印刷・製本　ディグ

ISBN978-4-7917-7301-5　C0090　Printed in Japan